LES VERITABLES SENTIMENS DE L'ETERNITE'.

PAR UN SOLITAIRE.

En Vers François, exposez en forme de Quadrains dans les Cloiſtres des R. P. Capucins.

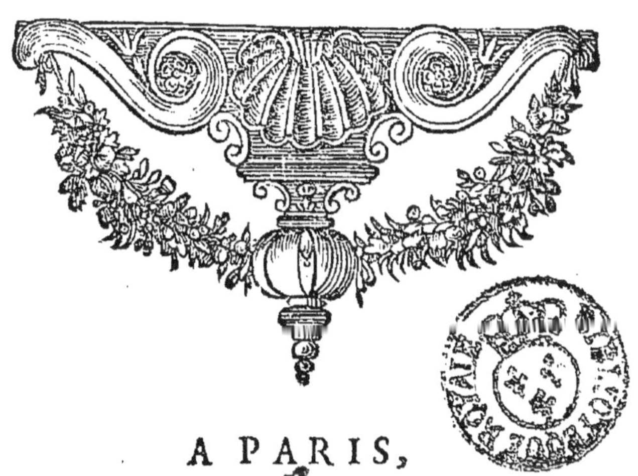

A PARIS,

Et ſe vend chez la Veuve GUILLAIN, dans la Cour des R. P. Capucins du Marais.

M. DC. XCVII.

AVEC APPROBATION.

LES VERITABLES SENTIMENS
DE
L'ETERNITE'.

PAR UN SOLITAIRE.

Repare ton esprit, contemple avec silence
Les beautez que ces vers enferment dans leurs
sens.
Lis-les dans un esprit de faire penitence,
Ils te feront goûter cent plaisirs innocens.

A ij

Pecheur, il faut mourir, tu le ſçais pour certain,
t tu ne penſes pas à faire penitence.
elas! le temps te preſſe, & peut-eſtre demain
u recevras de Dieu ta derniere Sentence.

Que fait ſous tant de ſoins ton eſprit abbatu?
ors quelquefois du Monde, & rentre chez toy-meſme.
oy, qui pour cent defauts n'as pas une vertu,
i la mort te ſurprend, ton malheur eſt extrême.

Toy, qui cours au peché, tu cours dans les Enfers.
on crime à chaque pas prononce ta Sentence,
t diſpoſant déja ton ſupplice, & tes fers,
u ne peux échaper que par la penitence.

Tu cherches le plaiſir, & le plaiſir te perd.
Ielas! tu crois le monde, & c'eſt un infidele.
'Enfer tient ſous tes pas un precipice ouvert,
t tu cours dans le piege, où le demon t'appelle.

Quoy? ſe fier au monde, & l'éternité vient?
L'un eſt auſſi trompeur que l'autre eſt infaillible.
Nous reculons en vain, l'éternité nous tient.
O' que de toutes parts ſa longueur eſt terrible!

Helas! que ſervira d'avoir longtemps vécu?
Que ſert un ſang ſi noble, & des graces ſi belles?
Que ſert d'avoir regné ſur un monde vaincu?
l'Enfer n'en aura pas des flâmes moins cruelles?

Que faire, l'orſqu'aprés un trépas malheureux,
Un autre Arreſt de mort ſe fait encore entendre?
Et lorſqu'environné de flâmes & de feux,
Le ſeul ſalut qui reſte, eſt de n'en plus attendre?

Le Monde à des douceurs, mais ce fragile bien
Nous prepare un malheur qui jamais ne nous laisse.
Le plaisir à son regne, & le tourment le sien ;
Mais l'un dure un moment, l'autre dure sans cesse.

Quoy, vanter sa naissance, & durer un moment ?
Mourir dans au moment, & nombrer ses années ?
Quoy, compter ses tresors : on cite au Jugement ?
Et j'entends à des feux nos ames condamnées ?

Entretiens ton esprit de deux eternitez.
Dans les pleurs, & les feux l'une fait sa demeure.
L'autre possede au Ciel mille felicitez.
Pour choisir l'un, ou l'autre, il ne reste qu'une heure.

L'Esprit tout effrayé des eternels tourmens,
L'horreur glace mon cœur, si les honneurs me tentent.
Quand je veux des Tresors, je crains des châtimens.
Et brûlé de l'amour, d'autres feux m'épouvantent.

Ce qui fut autrefois l'objet de tes desirs,
Sera dans les Enfers le sujet de ta haine.
Et les mêmes douceurs, qui faisoient tes plaisirs,
Deviendront en ce lieu les causes de ta peine.

Qu'on paye cher un bien qui dure peu de jours !
Ce corps presqu'en naissant laisse envoler nos ames.
Pour un plaisir d'un heure, elles brûlent toûjours.
Et vous ne pensez point à de si longues flâmes.

Voir à l'entour de soy cent bourreaux attachez,
Voir de mille témoins la cruelle poursuitte.
S'i voir mis dans les fers par ses propres pechez,
Et n'esperer jamais de pardon ny de fuitte.

Ne redoutes-tu point cette effroyable ñuit ;
ù sans cesse la mort fait des pompes funebres ;
ù parmy tant d'horreurs aucun Astre ne luit ;
Où le feu même enfin augmente les tenebres.

Ces yeux qui dans les cœurs verserent tant d'amour,
N'ont plus assez d'éclat pour dissiper ces ombres.
Et bien loin d'y porter la lumiere, & le jour,
Ne serviront jamais qu'à les rendre plus sombres.

Le Monde va chercher mille soins superflus.
Celuy qu'il ne prend point, est le seul d'importance.
Sans penser à des biens qu'un jour vous n'aurez plus,
Pensez qu'il faut brûler, ou faire penitence.

Efface tes pechez avec tes soupirs,
Si tu veux éviter cette éternelle flâme.
Et refuse à ton corps ses injustes desirs,
Si tu veux que l'Enfer ne brûle point ton ame.

Tu quittes de vrais biens pour en chercher de faux.
Tu te rends malheureux par tes propres delices :
O, que ces biens trompeurs te preparent de maux !
Et que de ces plaisirs il naîtra de supplices !

Lorsque ton cœur entend la voix des voluptez,
Crois-moy, n'écoute point ces tropeuses Syrenes.
Elles donnent aux sens qu'elles ont enchantez,
Aprés de faux plaisirs, de veritables peines.

Pense à l'Eternité : ce solide entretien
Echauffe les vertu, & refroidit les vices.
A qui voit le futur, le present n'est plus rien.
Et qui songe aux tourmens méprise les délices.

Eternité de vie, éternité de mort ;
Châtimens éternels, éternelles delices :
Rien n'en peut dispenser, il faut choisir un sort,
Ou voler à la gloire, ou marcher aux supplices.

D'éternelles douleurs pour des plaisirs si courts :
D'immortels châtimens pour des grandeurs fragiles :
Malheureux si longtemps, heureux si peu de jours :
De trop constans malheurs pour des biens si mobiles !

Ensuitte d'une vie, où tout sembloit heureux,
Commencer une vie, où tout malheur abonde,
Pourrir dans un Sepulchre, & brûler dans les feux.
Voilà qu'elle est la fin de la gloire du monde.

L'Enfer dure toûjours, & l'honneur un moment.
Les richesses s'en vont, l'éternité demeure.
La chair perit bien-tost, & jamais le tourment.
O, longue cruauté, pour des plaisirs d'une heure !

Sans te plaindre du temps, qui coule comme l'onde,
Use bien de celuy, que tu tiens en ta main.
Tu n'as qu'un jour à toy, car peut-estre demain
La mort te forcera d'abandonner le monde.

Helas ! pour un jamais que de monde en Enfer !
Il y tombe en un jour plus d'ames condamnez,
Qu'il ne tombe de neige en trois mois de l'hiver,
Et que de gouttes d'eau pendant beaucoup d'années

Un Aigle fend les airs avecque moins d'ardeur ;
Un trait s'enfuit plus tard de la main qui le tire ;
La pierre court au centre avec moins de roideur,
Qu'un pecheur en enfer au moment qu'il expire

O , l'inſtant plein de trouble , & de gemiſſemens,
Où Dieu me jugera de mes fautes paſſées !
Moment , qui dois finir tous mes autres momens,
Que-tu confonds déja mon cœur , & mes penſées.

On peut conter enfin tous les momens du tems,
Toutes les gouttes d'eau des mers , & des fontaines ;
Le ſable du rivage , & les herbes des champs ;
Mais qui ſçait dans l'Enfer le compte de ſes peines ?

Ah , que pour toy les Cieux ont de Treſors ouverts,
Si tu ſauves ton ame en perdant tout le reſte !
Mais ſe perdre ſoy-même , & gagner l'Univers,
O perte irreparable , ô conqueſte funeſte !

Toy , qui n'eſt que pouſſiere, où prens-tu ton orgueïl?
Ta miſere en naiſſant n'a rien de comparable.
Et retournant tout nud dans le fond d'un Cercuëil,
Il te faut ſoûtenir un Juge inexorable.

Celuy qui foule aux pieds le monde , & ſes plaiſirs,
D'un moment de douceurs en acquiert d'immortelles;
Mais celuy , dont le monde a charmé les deſirs,
Vend pour un doux moment des douceurs éternelles.

Mépriſer les treſors, c'eſt un rare bonheur.
Fouler le monde aux pieds , c'eſt un courage extréme.
Et pour chercher au Ciel un immortel honneur,
Refuſer les honneurs, c'eſt la prudence meſme.

Que ſert ce vain éclat qu'on adore aujourd'huy ?
Helas , que dureront les grandeurs de la terre,
Si leur puiſſance meſme eſt un plus foible appuy,
Que la fragilité de l'argile , & du verre !

Des neiges qu'un grand vent feme de tous coftez ;
Les nuages dans l'air, & les flots deſſus l'onde ;
Des oiſeaux dans les cieux legerement portez ;
Sont bien moins inconſtans, que la chair, & le monde.

Comme on voit emporter des feüilles par les vents,
Lorſqu'ils ſe font entre eux une bizarre guerre,
Ainſi ſont emportez nos vains contentemens
Par la legereté des faveurs de la terre.

Former de hauts deſſeins, & voir ſur nous la mort
Braver inſolemment nos vanitez extrêmes ;
Faire de longs projets, c'eſt faire un vain effort.
Quand nous les commençons, il faut finir nous meſmes.

Inſenſé, que fais-tu de vanter tes hauts faits ?
Ne vois-tu pas les maux, que ton orgueil t'apreſte ?
Voy de ta vanité les funeſtes effets,
Et combien de tourmens ſont pendus ſur ta teſte.

Eſclaves de l'honneur pompeux, & triomphans,
Faut-il vanter ſi haut vos ſuccés favorables,
Puiſqu'en quelque mépris que ſoient les jeux d'enfans,
Vos plus nobles employs ſont moins conſiderables.

Que ſert d'avoir écrit tant d'ouvrages divers ?
Que ſert d'avoir monté tant de fois le Parnaſſe ?
Helas, que ſert l'eclat, & la pompe des vers,
S'il faut que dans les feux l'éternité ſe paſſe ?

Où ſont ces petits dieux, ces heros ſans pareils ?
Ces celebres vainqueurs, ces redoutez Monarques ?
On voit preſque en naiſſant mourir ces grands Soleils,
Et leur brillant éclat n'éblöüit point les Parques.

Où font prefentement ces vainqueurs inhumains,
Qui dans leur propre fang plongerent leur épée ?
Helas, où font allez tant d'Illuftres Romains !
Et que nous refte-t'il de Cœfar & Pompée !

Où font ces Pommes d'or, & ces vergers fi beaux ?
Ces Jardins curieux, ces maifons de plaifance ;
Ces grands rochers creufez pour conduire des eaux ;
Où font enfin ces Rois, & toute leur puiffance ?

Où font tous ces fçavans des Grecs, & des Latins,
Si renommez encor dans le Siecle où nous fommes ?
Ne fçavoient-ils charmer leurs malheureux deftins,
Par ces rares difcours, dont ils charmoient les hommes ?

Helas, qu'eft devenu le plus fage des Rois,
Et ce Samfon fi fort, que vainquit une femme ?
Ces gens, fous qui trembloit tout le monde autrefois,
N'ont de refte aujourd'huy qu'un fouvenir infame.

Saül, & Jonatas, la gloire d'Ifraël,
Qu'eftes-vous devenus puiffans foudres de guerre ?
Que terrible eft l'Arreft des Jugemens du Ciel !
Et qu'elle eft la grandeur, qu'ils ne mettent par terre ?

Crefus, qui poffedoit tant de trefors divers :
Le vaillant Hannibal, & le grand Alexandre :
Ces hommes fi fameux jadis dans l'Univers,
Aprés tant de grandeurs ne font que de la cendre.

Miracle de l'amour, objet de tous les vœux,
Helene, à quoy te fert d'avoir efté fi belle ?
Falloit-il autrefois allumer tant de feux ;
Pour fouffrir maintenant une ardeur fi cruelle ?

A quoy fervirez-vous nombreux amas de biens,
Revenus abondans, heritages fertiles,
Eſtude, où j'ay donné de ſi longs entretiens ?
Pourpres, Sceptres, grandeurs, vous ferez inutiles.

Apeine à-t-on le Sceptre, on ſe le voit oſté :
Mais l'Enfer n'ôte point les tourmens à nos ames ?
On poſſede un moment la gloire & la beauté ;
Mais on ſouffre à jamais les demons, & les flâmes.

Ces montagnes de feu, ces flots audacieux,
Ces ſources, où l'on boit le trépas avec l'onde,
Ces carreaux, que vomit la colere des Cieux,
Trahiſſent moins ſouvent que la faveur du monde.

Maſſes d'Or, & d'Argent, doux & precieux poids,
Agreables foreſts, prez, parterres, fontaines,
Magnifiques faveurs des Princes, & des Rois ;
N'adoucirez-vous point nos bourreaux, & nos peines?

Anceſtres, gloire, honneur, force, beauté, treſors,
Quels biens nous ferez-vous dans les feux & les flâmes ?
Les graces de l'eſprit, ny les graces du corps,
N'en auront pas aſſez pour délivrer nos ames.

Veux-tu trouver en Dieu de ſolides treſors ?
N'eſcoutez plus le monde, & ſes vaines promeſſes.
Veux-tu tenir en paix ton eſprit, & ton corps ?
Tiens au deſſous de toy l'honneur, & les richeſſes.

Mortel, que ton orgueüil eſt ridicule, & vain !
Les vers s'engraiſſeront deſſus ta chair pourrie :
Vis bien dés aujourd'huy, ſans attendre à demain,
Qui ſe peut aſſeurer d'eſtre demain en vie?

Richesses, femme, enfans, palais, grandeurs, plaisirs,
Trompeuse vanité, delicieux mensonge,
Qu'à l'heure de la mort, vous causez de soupirs !
Et vous n'y paroissez que les restes d'un songe.

Malgré toy quelque jour il faudra qu'on t'enterre :
Qu'avec tes vanitez tu quittes tes tresors ;
Et parce que tu n'es qu'un ouvrage de terre,
Sçache qu'en terre aussi retournera ton corps.

Cet objet qu'autrefois tu trouvois adorable,
Ne ravit plus les yeux de merveille, & d'amour ?
La mort, qui change tout, te le rend effroyable :
Et tel que tu le vois, tel tu seras un jour.

Réformons nostre vie, épurons nos pensées,
Afin que les vertus se plaisent dans nos cœurs :
Ces essences du Ciel, comme d'autres liqueurs,
Prennent le goût du vaze, où l'on les a versées.

Retranche le desir qui t'agite, & te trouble,
Borne ta convoitise, où finit ton pouvoir.
Plus l'hydropyque boit, plus la soif luy redouble ;
Plus l'avare à de biens, plus il en veut avoir.

Soyons dans les grandeurs, où les abaissemens,
Nous naissons, nous mourons avec des loix communes,
L'âge donne à nos corps mesmes accroissemens,
Et nous sommes sujets à de mesmes fortunes.

La nature à pour nous de semblables tresors.
Nôtre commun Salut coute mesme souffrance.
Nous avons tous enfin mesme ame, & mesme corps,
Si le sort entre nous met quelque difference.

O Soufrances, ô Croix, ô Chair, ô Souhaits doux!
O Monde, ô loy divine, immortels adverſaires!
Les plus grands Ennemis ſont plus d'accord que vous,
Et les poles du Ciel ne ſont pas ſi contraires.

Jeſus cherche la Croix, & le monde la fuit.
Le monde aime les jeux, & Jeſus-Chriſt les larmes.
L'un ſe plaiſt au ſilence, & l'autre dans le bruit.
L'un n'aime que la paix, & l'autre que les armes.

Tu portes dans le Ciel tes genereux deſſeins,
Sans faire pourtant rien digne de cette envie:
Quoy, penſes-tu monter ſur le trône des Saints,
Sans imiter jamais l'exemple de leur vie!

O longue Eternité! qu'on penſe rarement
A ce que nous ſerons étant ce que nous ſommes.
On feroit ſon ſalut beaucoup plus ſûrement,
Si l'on examinoit ce que ſeront les hommes.

Mortel, arreſte, écoute, où vas-tu malheureux?
Tu cours aprés du vent par un orgueil extrême.
Tu te cherche par tout, & te perds en tous lieux:
Vas, pour te retrouver, rentre un peu dans toy-même.

On monte dans le Ciel par un chemin de pleurs;
Mais que leur amertume à de douceurs divines!
On deſcend aux enfers par un chemin de fleurs;
Mais helas, que les fleurs nous preparent d'épines!

Tout ce que la nature a mis deſſous les Cieux,
Commence à n'eſtre plus, quand il commence d'eſtre.
Il ſe cache auſſi toſt qu'il ſe montre à nos yeux,
Et le même moment le voit perir & naiſtre.

Des Lys ſur le pavé confuſément jonchez,
Un pré, dont fort long-tems on a foulé les herbes,
Et les attraits des fleurs par le Soleil ſechez,
Sont de nos vanitez les peintures ſuperbes.

Le Marbre, & les Rochers cedent enfin au temps,
Et le fer, & l'acier ſont fondus par la pluye,
Un petit feu détruit des Palais de mille ans,
Cependant à ſa force un pauvre homme ſe fie.

Tes armes ne ſont pas ſi fortes que la mort,
De quelque bon acier qu'elles ſoient étoffées.
Tout ce qu'à l'Univers de puiſſant & de fort,
Va ſervir aux Enfers de ſuperbes trophées.

Aurois-tu pour le monde encore des deſirs,
Si tu voyois l'éclat où les bien-heureux vivent ?
Et que penſerois-tu de nos plus doux plaiſirs,
Si tu jettois les yeux ſur les maux qui les ſuivent ?

La fortune s'arreſte au milieu de ſon cours,
Et dans ſa force même elle nous eſt ravie.
Le deſtin nous enleve à la fleur de nos jours,
Et la mort ſe rencontre au milieu de la vie.

Elevez dans le Ciel vos cœurs & vos eſprits,
Ce qu'on peut vous ôter ne l'eſtimez point vôtre ;
Heureux, qui pour le monde eut toûjours du mépris,
Il reprend d'une main ce qu'il donne de l'autre.

La fleur qui dans un jour ſeche & s'épanoüit,
Ces boules d'air, & d'eau qu'un petit ſouffle caſſe,
Une ombre qui paroiſt, & qui s'évanoüit,
Nous repreſente bien comme le monde paſſe.

Le Ciel, penses y bien, ne se perd qu'une fois;
Songe à l'éternité, le temps fuit comme l'ombre:
Si le nombre est petit de ceux, dont Dieu fait choix,
Pourquoy te vas-tu perdre avec le grand nombre!

Il faut, ou que le monde, ou que Dieu soit trompeur,
Dans l'esprit different qu'ils nous donnent pour vivre:
Si Dieu ne peut mentir, mondains tremblez de peur,
Le monde fait perir quiconque le veut suivre.

Mortel, il faut mourir, ou faire penitence.
Si cet arrest de Dieu ne te peut émouvoir,
Tu sentiras bientost par un juste devoir,
Le supplice éternel de ton outrecuidance.

Pecheur, voila ton Dieu, vois-tu ce qu'il endure?
Vois-tu bien ce Saint corps meurtry pour ton peché.
S'il ne te touche pas, vas, ton ame est plus dure,
Que le marbre sanglant qui le tient attaché.

Toy qui dans un lieu Saint te comporte si mal,
Helas! d'un œil jaloux, ton juge t'y contemple;
Tu le reconnoistras dessus son tribunal,
Si tu ne l'as pas sçu reverer dans son temple.

Fais ce que dans le Ciel font ces divins Esprits.
L'Eglise est aux Chrêtiens, ce qu'est le Ciel aux Anges.
Et ne profane plus par d'insolens mépris,
Les Autels que ton Dieu consacre à ses loüanges.

Rendre à Dieu moins d'honneur qu'à des Princes mortels,
Ah, que sa Majesté doit en être choquée!
Un Chrétien insolent vient braver nos Autels:
Un Turc plein de respect, entre dans sa Mosquée,

Quel étrange combat & de haine, & d'amour?
Icy pour toy fans ceffe un Dieu fe facrifie,
Et loing d'y voir ton cœur s'immoler à fon tour,
Par ta langue, & tes yeux ce cœur le Crucifie.

Que mes vers à prefent n'arreftent plus tes yeux.
Tes yeux ont affez lû, n'eft-il pas temps qu'ils pleurent?
Vas, lecteur, & choifis, ou la terre & les Cieux ;
Ou les biens, qui s'en vont, ou les biens qui demeurent.

FIN.

De l'Imprimerie de PIERRE BALLARD, Im-
primeur & Libraire, ruë S. Jacques à Sainte Cecile.

9 782329 173597